动物旅行家

[英]特蕾西·特纳 著

Hui Skipp 绘

王冬芳 译

科学普及出版社

·北京·

目 录

动物旅行家

人类要想不迷路，需要借助地图、全球定位系统、指南针、路标或者其他工具。然而，动物旅行家天生会认路！

有些动物会从一个大陆迁徙到另一个大陆，长途跋涉数千千米，例如生活在欧洲北部的家燕会一路向南飞到非洲南部。

这些动物几乎总是能够找到它们的目的地，这太不可思议了。那么它们是如何认路的呢？科学家认为，动物会借助太阳、月亮、星星、洋流、地球磁场，以及自身的视觉和嗅觉来认路。

有些动物具有迁徙的本能。例如，作为世代迁徙接力队的一员，出生在美国得克萨斯州的黑脉金斑蝶能够向北飞到祖辈出生的地方，尽管它们之前从未去过那里。

本书中的动物旅行家并不都进行长距离的迁徙。例如蜜蜂，为了采集花朵中香甜的花蜜，它们会飞到距离蜂箱几千米之外的地方。还有些动物会通过留下气味、制造痕迹或者号叫、咆哮等方式，标记出数百平方千米的领地范围，警告其他动物远离。

如果你想知道老虎如何发出邀请，蜜蜂为什么跳舞，以及企鹅是怎样保暖的，那就往下阅读吧！与十大动物旅行家一起环游世界，开启精彩的海、陆、空之旅！

南极洲

帝企鹅 的 旅行地图

美丽的帝企鹅从海边的聚居地出发，长途跋涉 160 千米，来到它们的繁殖地——对于这些走起路来摇摇摆摆的鸟类来说，这真是一个漫长的旅程。帝企鹅总是回到同一个地方产卵。这幅地图展示了一群帝企鹅在聚居地和繁殖地之间的迁徙路线。

威德尔海

南极洲寒冷的冬季来临，成年帝企鹅摇摇摆摆地朝着内陆迁徙。这段旅程需要几个星期。

前往 沙克尔顿山脉

聚居地

成群的帝企鹅在南极洲的海岸边生活和觅食，那里分布着大约 50 个帝企鹅群。

路易波德海岸

繁殖地

帝企鹅在这里停下来，交配、产卵并育雏。每只雌性帝企鹅一次仅产一枚蛋。

北
西 东
南

说明

┈▶ 前往繁殖地的路线
◀┈ 返回聚居地的路线

这群帝企鹅的聚居地

筋疲力尽的雌性帝企鹅返回海里觅食。过些时候，雄性帝企鹅将沿着相同的路线回到大海。再后来，帝企鹅雏鸟也会踏上前往大海的旅程。

南极洲

帝企鹅的旅行

帝企鹅是所有企鹅中体形最大的，它们拥有强壮的身体，足以在南极洲寒冷的冬季产卵。

旅程开始

在 3 月或 4 月，随着南半球冬季来临，所有成年帝企鹅都会从南极洲海岸边的聚居地前往繁殖地。企鹅不会飞，并且比起游泳，它们显然也不怎么擅长走路，长达 160 千米的旅程需要几个星期才能走完。

旅程结束

终于到了 12 月，南极洲正值夏季，所有帝企鹅都返回海岸边的聚居地。帝企鹅雏鸟将学习如何游泳和独自捕猎。待到 3 月，成年帝企鹅会再次前往繁殖地，生育一只新的雏鸟。几年后，当帝企鹅雏鸟具备繁殖能力时，它们也将前往繁殖地。

帝企鹅孵蛋

到达繁殖地后，帝企鹅交配，随后雌性帝企鹅产卵，并小心翼翼地把珍贵的蛋传递给伴侣。雄性帝企鹅将蛋放在孵卵斑（一块没有羽毛的皮肤）下保暖，并用双脚的脚背托住蛋，避免蛋接触冰冷的地面。接着，筋疲力尽的雌性帝企鹅将回到海岸边的聚居地觅食。它们会在聚居地停留大约 2 个月，然后回到它们的伴侣身边。

受冻的雏鸟

起初，雄性帝企鹅和雌性帝企鹅轮流陪伴雏鸟，而它们的伴侣则前往聚居地觅食。大约 6 周后，成年帝企鹅可以同时返回聚居地觅食，而雏鸟则留在繁殖地抱团取暖，等待它们的父母带着食物回来。

高约11厘米

重约460克

抱团取暖

与此同时，在繁殖地，雄性帝企鹅并没有食物可以吃。它们挤作一团抵御低温、狂风和暴雪，轮流待在舒适的中部，尽可能地让自己和蛋保持温暖。

身高可达
120厘米
～
体重可达
45千克

雏鸟出壳

通常在雌性帝企鹅带着食物回来之前，企鹅蛋就会孵化。雄性帝企鹅会从胃里吐出浓稠的液体来喂养雏鸟，让雏鸟不必挨饿。当雌性帝企鹅回到繁殖地时，它们会留心倾听伴侣独特的呼唤声，从繁殖地的数千只企鹅中找到自己的伴侣和孩子。然后，轮到雄性帝企鹅返回大海，去享用它们4个月以来的第一顿大餐。

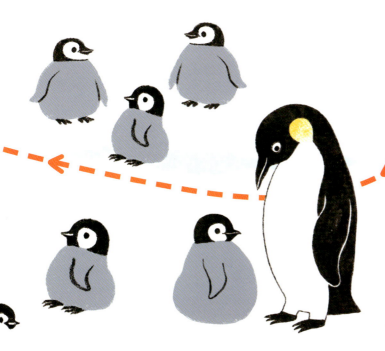

帝企鹅的食物

帝企鹅主要吃鱼，也吃磷虾和枪乌贼。捕捉猎物时，它们可以潜入400多米深的水下，并停留20分钟。

北美洲

黑脉金斑蝶 的 旅行地图

加拿大

美国北部和加拿大南部的冬季太过寒冷，黑脉金斑蝶只好向南迁徙到墨西哥过冬。它们是世界上迁徙距离最长的昆虫之一，整个旅程可以超过 3 000 千米。

圣弗朗西斯科

拉斯维加斯

加利福尼亚州

洛杉矶

圣迭戈

落基山脉

奇瓦瓦

墨西哥

加利福尼亚湾

马德雷山脉

黑脉金斑蝶在墨西哥的马德雷山脉过冬。当春季到来时，它们交配、产卵，然后死去。大约 1 个月后，卵发育成蝴蝶，开始向北迁徙。

墨西哥城

在北迁之旅的终点，雌蝶产卵，然后这一代黑脉金斑蝶也将迎来死亡。之后的两代黑脉金斑蝶则会在这里度过它们的一生。

夏末在这里诞生的黑脉金斑蝶会向南迁徙。南迁之旅的终点是墨西哥，全程大约需要2个月。

美国

纽约

在向北迁徙的旅途中，雌蝶会停下来产卵，然后这一代黑脉金斑蝶全部死亡。当卵发育成蝴蝶后，它们交配并继续向北迁徙。

俄克拉何马城

3 000 千米

说明

迁徙距离最远的黑脉金斑蝶

生活在东部地区的黑脉金斑蝶

生活在落基山脉以西的黑脉金斑蝶

不迁徙的黑脉金斑蝶

佛罗里达州

墨西哥湾

迈阿密

北美洲

黑脉金斑蝶的旅行

黑脉金斑蝶可以向南飞行超过 3 000 千米，直到抵达它们的冬季栖息地。与大多数迁徙不同，它们从北向南的迁徙和从南向北的回迁之旅是由数代蝴蝶接力完成的。向南飞到墨西哥的黑脉金斑蝶，其实之前从未在那里生活过。

翅展
约10厘米
～
重约2克

旅程开始

秋季气温下降，黑脉金斑蝶开始向南飞行。栖息在落基山脉以东的黑脉金斑蝶迁徙距离最长，每天飞行 80~120 千米，有时更长。生活在落基山脉以西的黑脉金斑蝶大多飞往加利福尼亚州过冬。佛罗里达州全年气候温暖，因此栖息在那里的黑脉金斑蝶不需要迁徙。

2. 娇小的新生幼虫吃下大量的马利筋属植物的叶子，逐渐成长为约5厘米长、身上遍布条纹的漂亮毛虫。

黑脉金斑蝶的寿命

如果黑脉金斑蝶在春季或者夏初羽化成蝶，那么它们的寿命只有几个星期。在这期间，它们会交配，雌蝶还将产卵，然后死去。如果它们在夏末或者秋季羽化，寿命就会长得多。它们不会马上繁殖、死亡，而是先向南飞到更温暖的地方，然后再交配、产卵、死去。

生命周期

1. 与所有蝴蝶一样，黑脉金斑蝶产卵，卵孵化为幼虫，即毛虫。

有毒植物

马利筋属植物的叶子是黑脉金斑蝶幼虫的唯一食物。因为美国中西部分布着数量最多的马利筋属植物，所以那里栖息着数量最多的黑脉金斑蝶。马利筋属植物具有毒性，因此以其为食的黑脉金斑蝶幼虫和由此发育而来的成虫对于捕食者来说同样具有毒性——它们鲜亮的颜色对于潜在的捕食者是一种警告。

过冬

蝴蝶以花朵产生的香甜汁液——花蜜为食,从而获得飞行所需的能量。向南飞行的黑脉金斑蝶会尽可能多地进食花蜜,这样,当它们数以百万计地聚集,在树上过冬时,就无须觅食了。黑脉金斑蝶在迁徙的途中也会聚集在树上——它们需要在温暖的阳光下飞行,所以夜晚会在树上休息。

整个过程被称为变态发育,
大约需要4个星期。

旅程结束

冬季结束时,从墨西哥向北回迁的黑脉金斑蝶通常是那些南迁至此的蝴蝶的后代。春季羽化的这一代蝴蝶寿命短暂,不足以完成整个北迁之旅。它们诞下的卵发育成蝴蝶,继续向北迁徙,就像一个多代的接力队。当这些蝴蝶抵达北方的栖息地后,它们繁殖,然后死去——新生的这一代蝴蝶,以及下一代蝴蝶,都不会迁徙。

3. 接下来,幼虫结蛹,身体四周形成一个保护性的蛹壳。

4. 蛹内,幼虫逐渐发育为成虫,即蝴蝶。

印度孟加拉虎 的 旅行地图

威风凛凛的孟加拉虎会标记自己的领地范围，并且通常在领地内独自生活。这幅地图展示了印度伦滕波尔国家公园中一只雌性孟加拉虎及其幼崽的领地，它们的领地被一只雄虎的领地包围。

伦滕波尔国家公园

这些孟加拉虎生活在这片保护区的山谷中。

雌虎和幼崽的巢穴

山谷底部的小溪形成了雌虎和雄虎领地的边界。

雄虎的瞭望点

雄虎的领地
（这里只展示了雄虎领地的一部分，其实际的领地面积可达 52 平方千米）

动物穿过灌木丛时踩出的小径

雌虎的领地（约 15 平方千米）

如果雌虎想邀请雄虎进入它的领地，它会留下气味标记。

说明

- - - - 雌虎及其幼崽的领地边界

- - - - 另一只雌虎的领地边界

灌木丛中的动物小径

孟加拉虎会埋伏在水边等待来喝水的猎物，比如这头水牛。

印度拉贾斯坦邦

孟加拉虎的旅行

孟加拉虎主要生活在亚洲南部和东南部地区，从热带丛林到喜马拉雅山脉均有分布。这群孟加拉虎生活在印度北部拉贾斯坦邦的国家公园内。

老虎保护区

随着城镇的扩张，可供孟加拉虎活动的土地越来越少。孟加拉虎的数量曾经多达数十万只，但现在仅剩约 2 000 只。伦滕波尔国家公园是野生动物的避难所，这里有林地、草原、湖泊和溪流，景色秀丽。在过去的 20 年里，这里的孟加拉虎数量有所增加，现在大约有 70 只。

老虎的领地

孟加拉虎大多独自生活，除非它们需要照顾幼崽。雄虎的领地面积可达 52 平方千米，领地大小取决于它需要走多远才能找到水源和猎物。雌虎的领地稍小，通常位于雄虎的领地内——一只雄虎的领地内可能有好几只独居的雌虎。除了食物和水，雌虎还需要一个用来分娩的巢穴。

划定边界

为了表明某个区域属于它们，孟加拉虎会利用气味来划定边界，还会用爪子在树干或地面上抓出痕迹，并大声吼叫。当一只雌虎做好了交配的准备时，它会在领地边界留下特殊的气味标记，邀请雄虎进入它的领地。但当食物或水出现短缺时，雄虎可能会在没有被邀请的情况下进入雌虎的领地。孟加拉虎具有极强的领地意识，它们会捍卫自己的领地，雄虎的这种行为可能引发激烈的冲突。

体长可达2米
尾长可达1米
~
体重可达225千克
~
雌虎通常比雄虎体形小。

寻找猎物

　　孟加拉虎主要在夜间捕猎，猎物包括水牛、鹿和野猪。它们悄无声息地从猎物背后偷袭，尽可能地接近猎物，然后以闪电般的速度猛扑上去。虽然它们的捕猎成功率只有约5%，但是一旦成功杀死猎物，它们可以一口气吃下多达35千克的食物，接下来的几天都不需要再吃东西。孟加拉虎还是游泳健将，会抓鱼吃。

老虎家族

　　雌性孟加拉虎一次可以产下2~6只幼崽，每只幼崽都长有独特的条纹。虎妈妈会独自养育幼崽，幼崽2~3岁时会离开妈妈，去寻找自己的领地——雌性幼崽的领地可能就在妈妈领地的旁边。虎妈妈会教幼崽如何捕猎，幼崽在大约18个月大时便开始自己捕捉猎物。

德国

蜜蜂

的

旅行地图

这些蜜蜂生活在德国瓦尔镇的边缘，住在人们建造的蜂箱中。为了寻找食物和水，它们可以飞到距离蜂箱大约 5 千米的地方。

一些蜜蜂取水来保持蜂箱凉爽。

1.6 千米

养蜂人建造的**蜂箱**

养蜂人

有些蜜蜂飞到了花园里的花朵上。

大多数蜜蜂在蜂箱周围 1.6 千米内寻找食物。

说明

蜜蜂的飞行路线

距蜂箱的距离

一些蜜蜂收集树脂来制造一种叫作蜂胶的胶状物质。

有时，蜜蜂要飞到 5 千米外的地方才能找到足够的花蜜和花粉。

一些蜜蜂会飞到 3 千米外的地方，寻找开花植物。

5 千米

3 千米

蜂箱

德国瓦尔

19

蜜蜂的旅行

体长可达1.5厘米

体重约0.08克

成千上万只蜜蜂与它们的幼虫一起生活在蜂巢中。为了采集生存所需的花蜜和花粉，它们四处飞行寻找花朵。人们饲养这种迷人的昆虫，以获取它们制造的蜂蜜和蜂蜡。

蜂王、工蜂和雄蜂

每个蜂巢中只有一只蜂王，所有的卵都是它产下的。这些卵孵化出幼虫，幼虫最终发育成成虫。工蜂是不能产卵的雌蜂。一些工蜂四处飞行寻找食物和水，而另一些工蜂则负责清理蜂巢、照顾蜂王和幼虫。雄蜂的工作是与蜂王交配。

春季和夏季

在北半球的 4 月到 10 月，工蜂需要寻觅花蜜、花粉和水，有时还要寻找树脂。蜜蜂可以将树脂制成一种叫作蜂胶的胶状物质，用以加固蜂巢。天气较暖时，忙碌的工蜂只能存活大约 6 个星期。

秋季和冬季

冬季，雄蜂已经死亡，工蜂的数量也减少了。剩下的蜜蜂和幼虫待在蜂巢内，靠夏季储存的蜂蜜和花粉生存。工蜂通过振动翅膀肌肉来帮助蜂王保暖。到了春天，许多幼虫会发育成工蜂，做好飞离蜂巢去寻找花朵的准备。

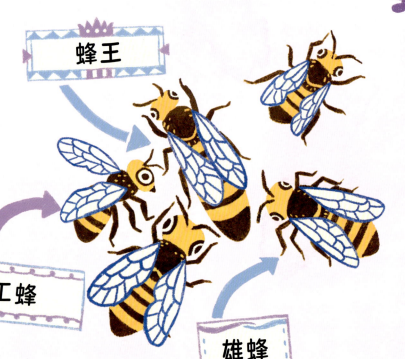

蜂王

工蜂

雄蜂

采花蜜　酿蜂蜜

很多开花植物会产生香甜的花蜜。工蜂用吸管一样的口器吸吮花蜜，并吃掉一部分花蜜来获得飞行所需的能量，然后将剩余的花蜜储存在专门用来装花蜜的蜜囊中。回到蜂巢以后，花蜜被传递给蜂巢内的工蜂加工，最终被吐到六边形的巢室中。工蜂还会用翅膀向花蜜扇风，使水分蒸发，形成蜂蜜。它们还会把装满蜂蜜的巢室用蜂蜡密封起来。

后足上的花粉

采花粉　做蜂粮

花粉是花朵产生的粉末状物质，也是蜜蜂的食物。工蜂用后足上的花粉篮将收集到的花粉带回蜂巢。蜂巢中的工蜂将花粉与蜂蜜混合，制成蜂粮，来喂养不吃蜂蜜的雄蜂以及其他蜜蜂和幼虫。许多开花植物依靠像蜜蜂这样会飞的昆虫将花粉从一朵花运送到另一朵花，才能结出种子。

寻找花朵

在一次觅食之旅中，一只工蜂可能要在 100 朵花上采食，极少数情况下，它们甚至要飞到离蜂巢 8 千米远的地方。蜜蜂看到的颜色与人类不同，这是因为它们可以看到紫外线。有些花朵具有人类无法看到的图案，在会飞的昆虫看来就像飞机的着陆跑道。蜜蜂还有极好的嗅觉，可以嗅到远方花朵的香气，它们甚至可以利用磁场来认路。当一只工蜂找到一处良好的蜜源，需要告诉其他工蜂时，它会摇摆着身体，以"8"字形路线飞行（见右图），用这种特殊的舞蹈指示花朵的位置。

8字舞

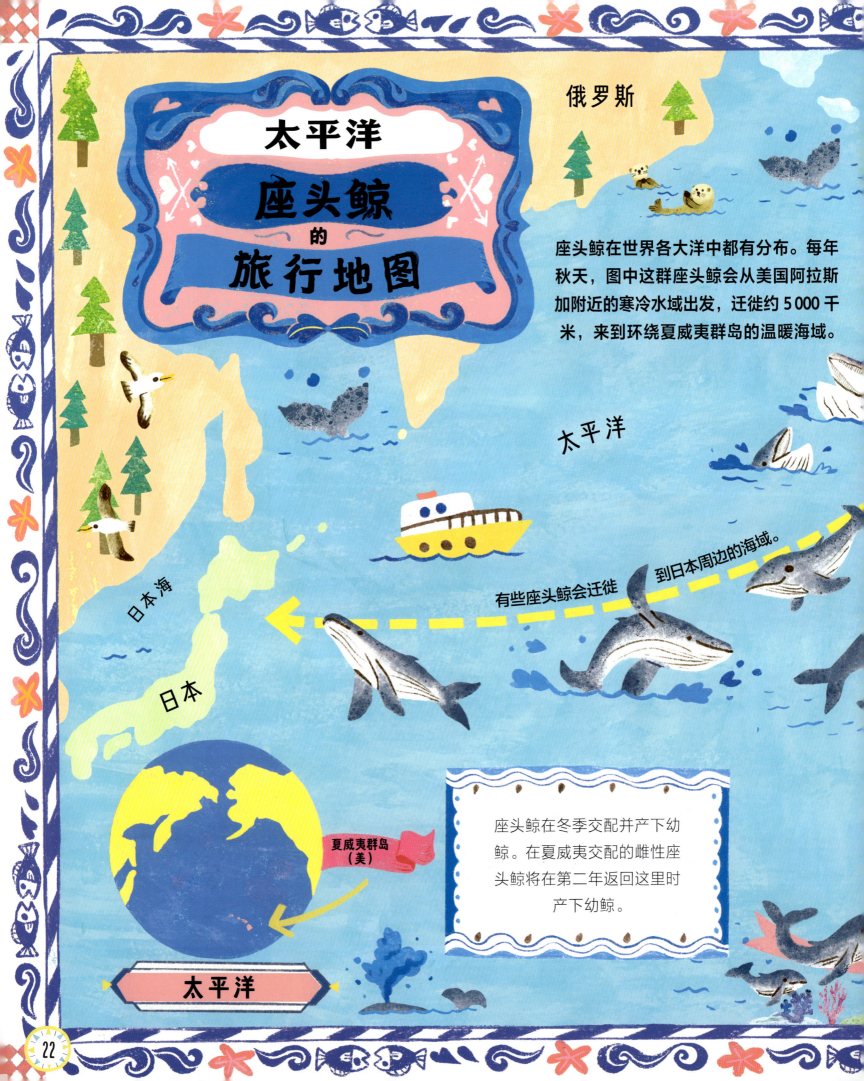

太平洋

座头鲸 的 旅行地图

俄罗斯

座头鲸在世界各大洋中都有分布。每年秋天，图中这群座头鲸会从美国阿拉斯加附近的寒冷水域出发，迁徙约 5 000 千米，来到环绕夏威夷群岛的温暖海域。

太平洋

有些座头鲸会迁徙 到日本周边的海域。

日本海

日本

夏威夷群岛（美）

座头鲸在冬季交配并产下幼鲸。在夏威夷交配的雌性座头鲸将在第二年返回这里时产下幼鲸。

太平洋

加拿大

美国
阿拉斯加

阿拉斯加湾

阿拉斯加的座头鲸

这群座头鲸在这里度过夏季，因为这片海域食物充足。它们在 10 月启程前往夏威夷。

北
西　　　东
南

说明

前往夏威夷的路线

前往日本的路线

前往墨西哥的路线

前往夏威夷的长途旅行大约需要 5 个星期。

5 000 千米

有些座头鲸向墨西哥迁徙。

美国

夏威夷群岛
（美）

座头鲸的旅行

每年约有1万头座头鲸（超过北太平洋座头鲸总数的一半）在阿拉斯加和夏威夷之间往返，太平洋里的其他座头鲸则有着不同的迁徙路线。有些座头鲸在南极海域度过夏季，然后向北迁徙到温暖的海域过冬。

磷虾

唱歌的鲸

雄性座头鲸会唱歌，有时一唱就是几个小时，歌声在海洋中久久回荡。这些歌曲具有重复的段落，就像人类的音乐一样。一群座头鲸会齐唱同一首歌，并随着时间的推移逐渐改变曲调。科学家一直在研究这些歌曲所传递的讯息。

旅程开始

夏季，北极和南极附近的海洋里满是磷虾和小鱼，它们是座头鲸最喜欢的食物。座头鲸聚集在一起觅食，张开巨口吞入大量海水，然后用口腔内筛子般的鲸须滤取食物。一头座头鲸每天可以吃下1吨食物。它们会尽可能多地摄取食物，储存鲸脂，为夏末前往繁殖地做准备。怀孕的雌性座头鲸首先启程，其余的座头鲸在接下来的几周内相继出发。

夏威夷保护区

夏威夷拥有世界上唯一一片为座头鲸建立的国家海洋保护区。座头鲸到达这里后，有些开始交配，有些则产下幼鲸。这里的食物不多，但座头鲸可以几个月不吃东西，靠储存的鲸脂生存。雌性座头鲸交配后，要将近一年才会产下幼鲸。它们将前往阿拉斯加度过夏季，并在幼鲸出生之前再次回到夏威夷。

体长
可达18米

体重
可达36吨

巨尾之鲸

座头鲸的尾巴叫作尾叶，其最宽可达5.5米。座头鲸利用巨大的尾叶推动自己前进；有时它们还会跃出水面，然后重重地坠入海中，溅起巨大的水花。每头座头鲸的尾叶纹理各不相同，我们可以通过这些纹理识别座头鲸。

母鲸和幼鲸

虽然极地海洋里食物充足，但是对于缺少脂肪的幼鲸来说太过寒冷，所以幼鲸总是出生在温暖的水域。新生的座头鲸身长约4.5米，体重约1吨。母鲸对幼鲸充满了保护欲，经常用鳍肢触摸它们。幼鲸会和母鲸共同生活一年左右，直到大约10岁才会停止生长。

旅程结束

春末夏初，饥肠辘辘的座头鲸开始向北回迁，前往食物充足的寒冷海域。

北
西 东
南

用来晒日光浴的岩石

贝伦蒂自然保护区

这群环尾狐猴的领地就在这片美丽的自然保护区内。很多科学家在这里研究环尾狐猴。

说 明

这群环尾狐猴的领地边界

另一群环尾狐猴的领地边界

这群环尾狐猴保卫着这片不足7公顷的领地，但它们有时也会游荡到几千米之外的地方。

酸角果实

用来睡觉的大树

马达加斯加
环尾狐猴
的
旅行地图

环尾狐猴主要生活在马达加斯加岛，这座岛位于印度洋，距离非洲南部莫桑比克海岸约 400 千米。这幅地图展示了马达加斯加岛东南部一群环尾狐猴的领地。

曼德拉雷河

在领地的边界处，相邻的环尾狐猴群之间经常发生争斗，且通常发生在雌性首领之间。

马达加斯加岛

环尾狐猴的旅行

狐猴是灵长类动物，它们只生活在马达加斯加岛及其附近的几个小岛上。环尾狐猴不会进行长途旅行。这群环尾狐猴主要在它们不足 7 公顷的领地内活动。

体长可达
45 厘米
尾长可达
55 厘米
～
体重可达
3.4 千克

甜蜜的家

环尾狐猴是群居动物，每个狐猴群约有 15 只环尾狐猴，由年长的雌性领导。它们喜欢生活在有开阔地面的干燥的森林中。环尾狐猴的领地虽然很小，但领地里有它们需要的一切——来自河流的淡水和充足的食物。它们也会跑到领地之外，在更广阔的区域内游荡。

大打出手

环尾狐猴群之间会相互争夺食物、水源和交配的机会。它们的领地意识极强，会用气味标记领地边界以警告入侵者，并且经常因领地边界问题爆发战斗。对抗时，它们会用锋利的牙齿和爪子给彼此造成严重的伤害。肢体搏斗一般发生在雌性狐猴之间，雄性狐猴则以完全不同的方式进行对抗：它们用长尾巴沾上奇臭的腺体分泌物，然后在空中大力甩动。通常，其中一只雄性狐猴会败下阵来，被对手的气味熏跑。

蓝马岛鹃

最喜欢的食物

在林间跳跃时，环尾狐猴可以利用长尾巴保持平衡，跨越非常远的距离。它们也会在远离茂密森林的开阔地消磨时光，竖着尾巴、四肢着地地行走，寻找掉落的水果来吃。它们也以昆虫、花朵、树叶、树皮和植物汁液为食，最喜欢的食物是酸角果实。

巨人疣冠
变色龙

环尾狐猴的一天

环尾狐猴会在黎明前醒来。为了取暖，它们会找一个阳光充足的地方坐下来，舒展四肢、露出腹部，尽情地享受阳光。白天剩下的时间里，它们梳理毛发、进食、晒日光浴和照顾幼崽。当夜幕降临时，环尾狐猴会来到专门用来睡觉的大树上。它们分成小组，互相梳理毛发，然后依偎在一起入睡。

捕食者

狐猴必须提防想要吃掉它们的捕食者，其中包括马岛獴、野猫、野狗、猛禽，以及几个世纪前被引入马达加斯加的小灵猫。

马达加斯加的动物

马达加斯加岛与其他大陆分离已有数百万年之久。在此期间，一些罕见的动物逐渐演化成了在地球上其他地方都见不到的独特的物种，包括狐猴、马岛獴、蓝马岛鹃和许多种变色龙。随着越来越多的土地被人类占据，包括环尾狐猴在内的许多动物正面临威胁。

马岛獴

英国和南非 家燕 的 旅行地图

从阿拉斯加到澳大利亚，世界上许多地方都能看到这些娇小的鸟儿。它们大多住在北方国家繁殖，然后飞往南方过冬。这幅地图展示了家燕在英国和南非之间的迁徙路线，往返距离长达 20 000 千米。

北
东
西
南

叙利亚

沙特阿拉伯

黑海

土耳其

地中海

希腊

埃及

利比亚

撒哈拉沙漠

德国

意大利

3 月下旬，从南非飞来的家燕陆续抵达英国。

北海

英国

法国

西班牙

有些家燕会向西或向东飞行，以避开沙漠。

9 月，家燕开始从英国出发，向南非迁徙。

亚丁湾

索马里

马达加斯加

苏丹

肯尼亚

刚果民主共和国

津巴布韦

家燕在这里生活4~5个月。

南非

旅程大约需要6个星期。

9 600 千米

几内亚湾

大西洋

加纳

几内亚

说 明

在英国和南非之间迁徙的家燕

避开撒哈拉沙漠的家燕

家燕的迁徙路线

英国和南非之间

家燕的旅行

这些小鸟每年都要进行一次漫长的旅行。前面的地图展示了家燕从英国飞往南非的迁徙之旅，生活在欧洲其他地区的家燕可能飞往不同的目的地。北美洲的家燕在秋天会飞到南美洲；在亚洲筑巢的家燕也会向南迁徙，远至澳大利亚北部。

择地筑巢

3 月下旬起，雄性家燕率先抵达英国，开始圈占用来筑巢的领地，等待几天后到达的雌燕。到那时，成对的家燕会一起收集泥土和草来筑巢，它们大约要飞行 1 000 次才能收集到足够的筑巢材料。家燕通常把巢建在农场建筑的屋檐和椽子下，有时还会回到它们出生的地方筑巢。

启程北迁

家燕会在南非生活 4~5 个月，那里有很多昆虫可供捕食，但也会面临来自其他食虫鸟类的竞争。家燕在 2 月或 3 月离开南非，这时南半球已是夏末，所以它们向即将迎来春季和夏季的北半球飞去。在那里，白天更长，也没有那么多食虫鸟类。家燕在白天飞行赶路。一路上，它们会贴近地面飞行，一边飞一边捕食昆虫。夜间，数千只家燕会聚集在一起歇息。

离开鸟巢

　　天气对家燕的旅程耗时长短有很大影响。通常，到了 6 月，最后一批家燕已经抵达英国并开始产卵。成年家燕通常繁殖两窝，产下多达 8 枚蛋。两周后，第一窝雏鸟破壳而出。雏鸟在出生 20 天后飞离鸟巢，2 个月后，它们将像成鸟一样南下。

启程南迁

　　在英国的夏季，家燕会在空中翱翔俯冲，捕食苍蝇、黄蜂、蜜蜂和甲虫。9 月，进入秋季，随着气温下降，飞行昆虫的数量逐渐减少。家燕聚集在一起，开始向南飞往南非，去享受温暖的天气和充足的食物。

体长（包括尾羽）
约19厘米

体重约22克

根据记录，家燕最快可以每小时飞行 35千米。

风光旅程

　　在英国繁殖的家燕会利用地球磁场进行导航，开启一场为期约 6 周、行程约 10 000 千米的旅行。它们以平均 30 千米每小时的速度飞行，每天可以飞行 300 千米。一路上，它们穿越陆地、海洋、沙漠和雨林。这是一段艰苦的旅途，有些家燕会在途中死去。它们旅程的终点，也是它们未来 4~5 个月的家，就是南非。

班泽纳湖

随着水潭逐渐干涸，
非洲象前往湖泊饮水。

班泽纳湖

马里和布基纳法索

旱季结束时，非洲象
再次向南迁徙。

马里

甘达米

大象之门

5月至9月是雨季，非洲象
在这片土地的南部地区度
过，这里有充足的食物。

萨赫勒

非洲象
的
旅行地图

非洲象是世界上体形最大的陆地动物。这群
非洲象生活在马里和布基纳法索的萨赫勒地
区。每年，随着季节的变化，它们循着食物
和水源展开长约 500 千米的环形旅程。

在旱季，小水潭、茂密的树木及其他植物为非洲象提供水、庇荫处和食物。

戈西

埃纳迪亚塔法内

哈姆尼－甘达盐田

10月，南部的水潭逐渐干涸，非洲象穿越哈姆尼－甘达盐田。

人类在这里耕种。

布基纳法索

说 明

非洲象的迁徙路线

小镇

城镇

村落聚集地

湖泊

水潭

山

路

非洲象的旅行

这群非洲象生活在萨赫勒地区，这是一块最宽处达 1 000 千米的狭长地带，北接撒哈拉沙漠，横跨整个非洲。在所有非洲象中，这个象群分布得最靠北，它们尤其能适应恶劣、干燥的环境。

大象家族

一个象群通常由至少 12 头非洲象组成，它们一起迁徙。象群内包括雌象和未成年的雄象，由最年长的雌象领导。年幼的雌象成年后也会留在象群内，雄象在成年后则会离开原本的象群，与其他雄象组成群体。年迈的雄象通常独自生活。

南方的雨水

非洲象每天可以吃掉约 135 千克的食物，萨赫勒地区南部有大量植物供它们享用。当萨赫勒地区的雨季到来时，非洲象需要增重，这样才能在旱季存活下来，那时它们要赶往食物相对较少的北方地区。这是因为南部地区的水分埋藏得更深，随着雨季结束，这里的水潭就会开始干涸。

聪明的大象

非洲象是具有长期记忆的智慧动物。象群的首领可能需要记住多年以前的饮水地点，在气候变化和水源变得更加稀缺的情况下，这种能力尤其重要。非洲象可以表达许多与人类相同的情感——如果一头幼象感到痛苦，象群其他成员都会去安慰它，它们会一起玩耍，表现出快乐和悲伤。由于人类占据了原本属于非洲象的土地，为了获得象牙而猎杀非洲象，这些聪明的动物正面临威胁。野生动物保护组织正在努力帮助包括这群非洲象在内的整个非洲的大象。

北迁之旅

10月，非洲象向北移动寻找水源，每天行进约55千米。它们穿过哈姆尼－甘达盐田，在那里获取盐分。继续向北行进可以找到水源，但那里可以作为食物的植物较少。非洲象过去常去位于戈西的湖泊，但现在那里的城镇扩张，它们只得避开，改去西面的水潭。随着旱季的持续，这些水潭也开始干涸，非洲象前往班泽纳湖找水喝。

大象之门

旱季即将结束，在经受了沙尘暴和超过48摄氏度高温的考验后，非洲象再次向南迁徙。它们会穿过"大象之门"，这是它们穿越山脉的唯一路线。随着5月雨水的到来，南部的水潭逐渐充满水，非洲象又可以享用郁郁葱葱的树木和其他植物了。

萨赫勒地区有550~700头非洲象，全世界总共有45万~65万头非洲象。

身高
可达4米
～
体重
可达6吨
～
寿命
可达70年

大西洋
绿海龟
的
旅行地图

绿海龟生活在世界各地的温暖海域中。有一群绿海龟在巴西海岸附近生活和觅食，这幅地图展示了它们的迁徙路线。这群神奇的动物会穿越大西洋，到一座偏远的小岛产卵，迁徙距离长达 2 200 千米。

绿海龟沿着这片海岸生活和觅食。

福塔莱萨

萨尔瓦多

巴西

库里蒂巴

有些绿海龟会沿着海岸向北或向南移动到更远处。

约 2 200 千米

阿森松岛

阿雷格里港

大西洋

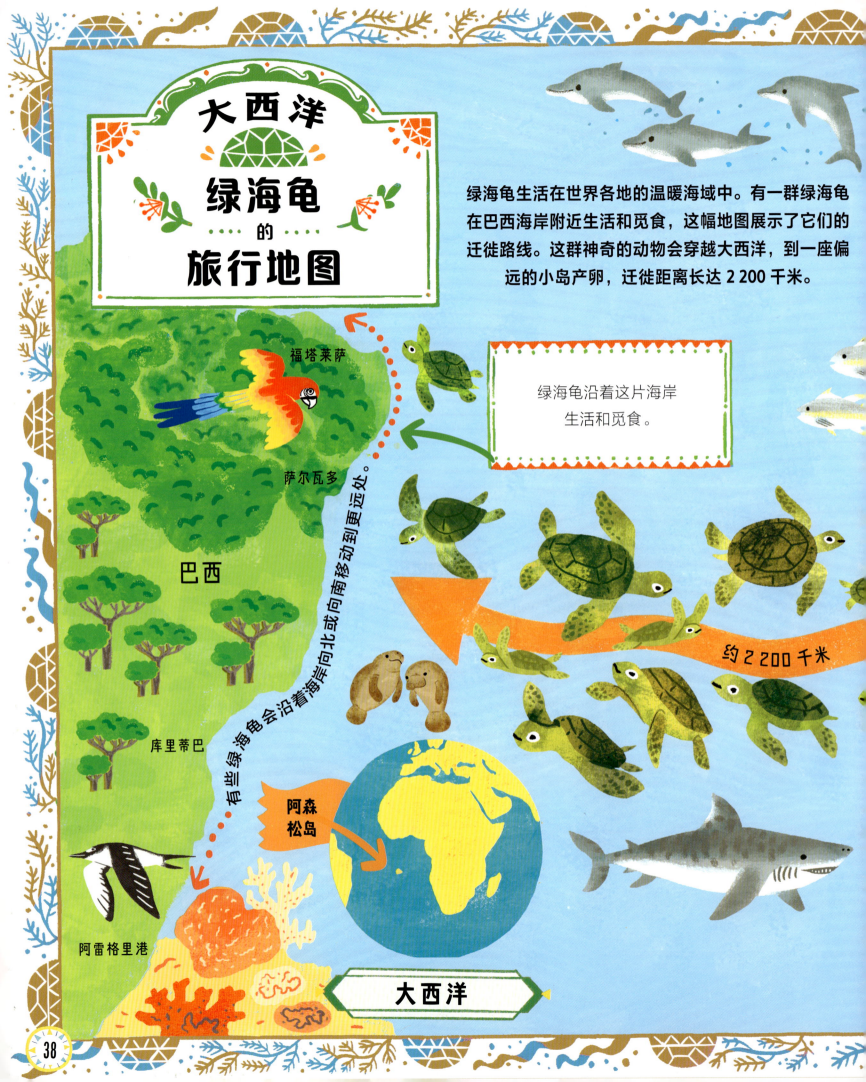

阿森松岛

绿海龟从巴西海岸的觅食地前往阿森松岛的沙滩，那里是它们出生的地方。到达后，它们会交配并产卵。

北
西
东
南

长滩
乔治城
海豚角

阿森松岛（英）

绿山

独角兽角
白岩

南角

阿森松岛（英）

繁殖完成后，绿海龟会返回巴西海岸。

说 明

巴西和阿森松岛之间的迁徙路线

部分绿海龟沿巴西海岸移动的路线

大西洋

绿海龟的旅行

绿海龟会回到它们出生的海滩交配和产卵。
在巴西海岸附近生活着约 30 000 只绿海龟。
每年，它们中的许多成员都会离开，
开启长达 2 200 千米的旅程。

旅程开始

这些绿海龟大部分时间都在海岸附近的浅水和珊瑚礁中度过。每年 12 月开始一些成年绿海龟便游到阿森松岛，通常会回到它们多年前出生的那片海滩。当雌性绿海龟成长到可以交配时，它们每 3~4 年进行一次这样的迁徙。雄性绿海龟的迁徙则可能更加频繁。

一段旅程结束，另一段旅程开始

3~6 个月后，成年绿海龟启程返回巴西海岸，而小海龟的旅程才刚刚开始。它们游到更容易躲避捕食者的深海，在那里生活长达 10 年，人们对它们的具体去向知之甚少。当幸存的年轻绿海龟长到餐盘大小时，它们会前往巴西海岸。等到它们长到足够大时，它们也将像父母一样迁徙。绿海龟可以活到 70 多岁。

体长
可达1.5米

体重
可达320千克

阿森松岛

这是一座位于南大西洋中部的小火山岛，距离非洲海岸约 1 600 千米，距离巴西海岸约 2 200 千米。没有人确切地知道绿海龟是如何找到这座小岛的，人们推测它们可能利用嗅觉、洋流和地球磁场来导航。抵达阿森松岛后，绿海龟开始交配。

沙滩巢穴

每年 12 月到次年 6 月，3 000~5 000 只雌性绿海龟抵达阿森松岛的海滩筑巢。它们在松软的沙滩上挖一个深坑，产下约 100 枚蛋，并用沙子把蛋盖住。然后绿海龟会回到海里，也许会再次交配，在新巢中产下更多的蛋。大约 2 个月后，小海龟从沙子下面破壳而出。

破壳而出

沙子的温度决定了小海龟的性别——较高的温度会孵化出雌性绿海龟，较低的温度则孵化出雄性绿海龟，而高低变化的温度意味着雄性和雌性绿海龟都会孵化出来。小海龟会在月亮的指引下爬到海里。它们必须避开包括螃蟹、鸟类和鱼类在内的捕食者。

"吃素"的巨龟

绿海龟是体形最大的硬壳海龟，在阿森松岛上产卵的这群绿海龟则是所有绿海龟中体形最大的。成年绿海龟主要以海草和藻类为食，但小海龟会吃它们能找到的任何食物，包括小型动物。

阿拉斯加
灰狼的旅行地图

灰狼的洞穴

这是狼群的基地。春天，灰狼幼崽在洞穴深处出生。

灰狼是群居动物，以狼群为单位生活和捕猎。这幅地图展示了美国阿拉斯加荒野中一群灰狼的领地，另外两个狼群的领地与之重叠。

驼鹿

狼群在领地里捕猎，并勇猛地保卫着它们的领地。

美国阿拉斯加

德纳里国家公园

这个公园位于美国阿拉斯加州，占地约 2.4 万平方千米，是许多动物的家园。公园里共生活着约 90 只灰狼，以及棕熊、驼鹿、河狸、戴氏盘羊等动物。

戴氏盘羊

说明

这群灰狼的领地边界

其他狼群的领地边界

河狸

棕熊

其他狼群的领地与这群灰狼的领地重叠。如果其他狼群的灰狼进入这片领地，生活在此处的狼群会驱逐甚至杀死它们。

灰狼的旅行

灰狼遍布亚洲，北美洲、欧洲和非洲北部的部分地区也能看到它们的踪迹。狼群会标记并保卫领地，相邻狼群的领地通常彼此重叠，并且会随着时间的推移发生变化。这里介绍的狼群生活在美国阿拉斯加州的德纳里国家公园。

体长可达160厘米
尾长可达50厘米

体重可达80千克

灰狼的毛皮可能是黑色、白色或者灰色的。

标记领地

狼群会选择一块水源和猎物充足的领地。领地面积要尽可能小，这是因为面积越大，捍卫起来就越困难。这个狼群的领地面积约为645平方千米，但有的狼群的领地可能是这片领地的几倍大。狼群用气味标记领地的边界，并用响亮的号叫声让其他狼群知道它们的领地范围。狼群可能会驱赶或杀死入侵者，但有时也会允许落单的灰狼加入。

狼群首领

狼群的首领是一对雄狼和雌狼，狼群中只有首领可以交配并生育幼崽。一个狼群通常有6~8只灰狼，包括首领和它们的后代，其中一些后代可能已经成年。有时狼群中也有不属于这个家庭的灰狼。

捕猎行动

灰狼会捕食河狸等小型动物，也会捕食比自己体形更大的动物，例如驼鹿和驯鹿。捕猎时，灰狼通常集体出动，先找到一只较弱的动物，跟踪它，分头包围它，然后发起绝杀。为了寻找猎物，狼群每天可以行进 45 千米，以大约 8 千米每小时的速度小跑。它们还能以高达 40 千米每小时的速度冲刺。

幼年生活

每年 5 月都会有 4~5 只幼崽出生。幼崽在最初的一个月里会喝母亲的乳汁，之后才开始吃狼群内其他成员反刍出来的肉——这对它们来说非常美味！到 6 个月大时，幼崽已经足够健壮，可以自己捕猎了。当它们 2 岁时，有些灰狼会离开出生的狼群，加入另一个狼群，或者建立自己的狼群。离开原本的狼群后，有些灰狼会长途跋涉数百千米寻找新家。

灰狼的号叫

号叫不仅可以用来标记领地，还可以用来与狼群中的其他成员交流。这种诡异的叫声可以传到 15 千米以外。号叫有时是为了将狼群召集到一起，有时是为了传达警告，有时则表示捕猎的开始或结束。狼群还会集体号叫，有时可以持续 20 分钟以上。它们也会像小狗那样，通过吠叫和呜咽来交流。

面临的威胁

灰狼的寿命可达 12 年，但它们也可能年纪轻轻就死去。它们可能因食物短缺而饿死，或是被人类猎杀，又或者在横穿领地的公路上被汽车撞死。不过，来自其他狼群的灰狼才是它们面临的最大威胁。

术语表

变态发育

动物幼体与成体差别很大，而且形态的改变又是集中在短时间内完成的，这种胚后发育称为变态发育。

捕食者

捕食其他生物的动物。

地球磁场

由于地球本体具有磁性而在地球及周围空间存在着的磁场，简称地磁场。

蜂胶

蜜蜂采集树脂与其自身分泌物混合而成的具有黏性的胶状物质。

蜂蜡

由蜜蜂工蜂蜡腺分泌的脂肪性物质，具有可塑性和润滑性。

蜂粮

工蜂采集的花粉团经内勤蜂嚼碎，加入蜂蜜后经发酵而成。

花蜜

花朵蜜腺分泌出来的甜汁，蜜蜂用它来酿制蜂蜜。

鲸须

哺乳动物须鲸类悬垂于口腔内、呈梳状的角质板。为须鲸的滤食器官，滤食表层浮游生物。

鳍肢

鲸类和鳍足类呈桨状的前肢。通过肩关节调节水平及垂直位置，具有水平舵的作用。

气味标记

嗅觉发达的哺乳动物用自身分泌的具有特殊气味的化学物质（尿、粪便、唾液以及由特定腺体所分泌的物质）对其领域所做的标记。

迁徙

自然界的野生动物为觅食或繁殖，在其生活周期的一定时期内，以群体的形式进行的定向的、大规模的迁移活动。

全球定位系统

具有在海、陆、空进行全方位实时三维导航与定位能力的卫星导航与定位系统。

洋流

海洋中具有相对稳定流速和流向的海水，从一个海区向另一个海区大规模的非周期性运动。

紫外线

来自太阳辐射的一部分，波长比紫光短，不能引起人视觉反应的光线。

图书在版编目（CIP）数据

动物旅行家/（英）特蕾西·特纳著；Hui Skipp 绘；
王冬芳译 . -- 北京：科学普及出版社，2025.3
ISBN 978-7-110-10704-1

Ⅰ . ①动… Ⅱ . ①特… ② H… ③王… Ⅲ . ①动物—
儿童读物 Ⅳ . ① Q95-49

中国国家版本馆 CIP 数据核字 (2024) 第 085883 号

Maps for Penguins and other travelling animals
First published in 2022 by Kane Miller, A Division of EDC Publishing
Text by Tracey Turner
Illustration by Hui Skipp
Copyright Raspberry Books Ltd 2022
All rights reserved.

北京市版权局著作权合同登记　图字：01-2023-2463

策划编辑：李世梅	封面设计：安 & 宁
责任编辑：李世梅	责任校对：邓雪梅
助理编辑：王丝桐	责任印制：李晓霖
版式设计：巫 燊	

出版：科学普及出版社	邮编：100081
发行：中国科学技术出版社有限公司	发行电话：010-62173865
地址：北京市海淀区中关村南大街 16 号	传真：010-62173081
网址：http://www.cspbooks.com.cn	

开本：889mm×1194mm　1/12	
印张：4⅔	字数：100 千字
版次：2025 年 3 月第 1 版	印次：2025 年 3 月第 1 次印刷
印刷：北京博海升彩色印刷有限公司	

书号：ISBN 978-7-110-10704-1 / Q·303	定价：69.00元